AF500535

ARISTENE
PASTORALE.

DE L'INVENTION DE
PIERRE TROTEREL
Sieur D'AVES.

A ROVEN,
De l'Imprimerie
De David dv petit Val,
Imprimeur & Libraire ordinaire
du Roy.

M. DC. XXVI.

A MONSIEVR LE Comte de Grand Cey & de Médauy.

MONSIEVR,

L'ardant desir que i'ay de vous faire paroistre en effect le seruice que ie vous ay voüé, m'en a faict plusieurs fois rechercher les occasions, que ie n'ay encores sçeu rencontrer, soit par mon malheur, ou soit que de vostre part vous ne m'auez faict l'honneur de me rien commander. Or ne voulant plus en demeurer en ces termes, ie me suis aduisé de vous dédier ce petit œuure, qui pourra publier vos vertus par tout où sa bonne fortune luy fera voir le monde, attendant que le Ciel me donne plus de moyen de vous tesmoigner que ie suis,

MONSIEVR,

Vostre tres-humble seruiteur,
D'AVES.

LES ACTEVRS.

Ariſtene *Berger.*
Ioeſſe *Bergere.*
Deolis *Bouuier.*
Satyre.
Cyane *Bergere.*
Cerambe *vieil Berger.*
Le Iuge & le Greffier des Bergers.
Les Teſmoings.
Chœur de Bergers.

ARISTENE, PASTORALE.

ACTE I.

ARISTENE, IOESSE, DEOLIS.

SCENE I.

ARISTENE ET IOESSE.

Ariſtene.

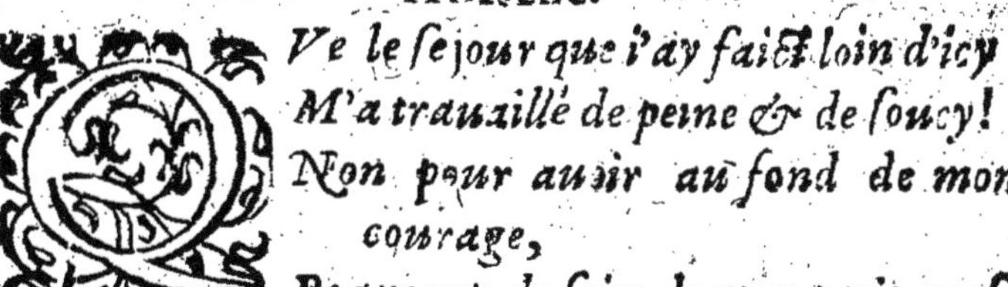

Ve le ſejour que i'ay faict loin d'icy
M'a trauaillé de peine & de ſoucy!
Non pour auoir au fond de mon courage,
Beaucoup de ſoin de mon petit meſnage,
Mais pour me voir abſent trop longuement,
De la beauté que i'aime cherement:
Ce mois de temps que i'ay paßé loin d'elle,
M'a plus duré que la courſe annuelle
Du grand flambeau qui nous donne le iour,
Tant ie me ſens bruslé de ſon amour:
Pourquoy ſans plus retarder dauantage,

Allons au champ de son beau pâturage,
Et l'attendons ainsi qu'au temps passé,
Dans le buisson par nous entrelassé
De rameaux verds, pour empescher la veuë
Et la chaleur du Soleil trop émeuë:
I'outre-passois, arrestons, c'est icy,
Entrons dedans; Il est plus obscurcy
Qu'il n'estoit lors que quittant son ombrage,
Ie m'en allé pour faire mon voyage:
Mais il sera tantost tout radieux
Du feu d'amour qui luit dedans les yeux
De ma Bergere à nulle autre pareille,
Et que ie dy des beautez la merueille.

Ioesse touchant son troupeau.

Cà reuenez, où voulez-vous errer,
Ce n'est pas là qu'il vous faut pâturer,
Sus reuenez, vous estes bien friande,
Ce beau blé verd n'est pas vostre viande.

Aristene.

Ah ie l'entends, & l'apperçoy venir,
Ie vay sortir, ie ne me puis tenir;
Bon iour mon heur, mon bien, ma chere vie,
Sçachez, mon tout, que ie mourois d'enuie
De vous reuoir, comme vous portez-vous?

Ioesse.

Bien pour cette heure.

Aristene.

Or çà, qu'vn baiser dous
I'aille imprimant sur cette belle bouche:
Quoy? qu'est ce-cy, vous deuenez farouche;
Depuis quel temps auez-vous arresté
Que ie serois de la sorte traité?

Ioesse.

Depuis huict iours que ie me vois forcée

Par mes parents, lesquels m'ont fiancée
A Deolis, & pour ce à l'aduenir
De nostre amour perdons le souuenir,
Oubliez moy, Pasteur ie vous coniure,
Et pourchassez ailleurs vostre auanture.

Aristene.

Que dites-vous? vous mocquez-vous de moy,
Ou bien si c'est pour éprouuer ma foy.

Ioesse.

Certes nenny, ie ne suis point rieuse,
Ny moins encor de l'autre curieuse.

Aristene.

Donc tout de bon vous m'allez reiettant,
Sans faire estat de mon amour constant.

Ioesse.

D'orenauant ie n'en puis faire estime
Sans encourir le reproche d'vn crime.

Aristene.

Comment cela? ie ne vous entens point.

Ioesse.

Puis que mon pere à Deolis me ioint
Sous le pouuoir de la loy nuptiale,
A luy sans plus ie veux estre loyale.

Aristene.

Ie voudrois bien sçauoir aussi pourquoy
Vous n'obseruez le semblable enuers moy,
M'ayant promis de m'estre si fidelle,
Et de m'aimer d'vne amour eternelle;
Dites vn peu, ne vallé-ie point mieux
Que Deolis à chacun odieux?

Ioesse.

Ouy, vous valez mille fois dauantage,
Mais ce bon-heur n'est qu'à vostre dommage
Pour ce subiet, & si vous desirez

Sçauoir comment, écoutez vous l'orrez.

Aristene.

Dites-le-moy, i'en seray bien fort aise.

Ioesse.

Mon pere croit, mais qu'il ne vous déplaise,
Que vostre amour n'est rien que fiction,
Et qu'il ne sent qu'vne deception.

Aristene.

Et là dessus quelle est vostre créance?

Ioesse.

Certainement i'ay de la défiance,
Reconnoissant vos belles qualitez,
Et sçachant bien ce que vous meritez,
Pour mon regard ie n'ay rien de semblable
Parquoy ie puisse estre recommandable.

Aristene.

Ie vous apprends que mon ambition
N'approche pas de celle d'Ixion,
Ie suis content d'vne simple maistresse
Que i'aime mieux qu'vne grande princesse,
Viue l'amour des Bergeres des bois,
Il est plus doux que tout autre cent fois.

Ioesse.

Ce sont discours Berger, vostre courage
N'est pas d'accord auec vostre langage.

Aristene.

Que sçauez-vous?

Ioesse.

Ie le vay supposant.

Aristene.

Pour me iuger cela n'est suffisant,
Quand l'on condamne il faut du tesmoignage,
Et vous n'auez sur moy cet auantage,
Ains au contraire, esprit par trop leger,

Pour aucun heur ie n'ay voulu changer
L'affection que ie vous ay promise,
Qui continuë en mon courage éprise,
Ce neanmoins, trop prompte à m'offencer,
Pour vn bouuier vous me voulez laisser.

Ioesse.

Que voulez-vous, cher Pasteur, que i'y face,
Las mettez-vous ie vous prie en ma place,
Et regardez si i'ay quelque moyen
De dénoüer ou rompre ce lien
Sans encourir la haine de mon pere,
Car s'il se peut ie veux vous satisfere.

Aristene.

Voilà parlé maintenant comme il faut,
Que de vouloir amender son defaut,
Ie loüe amour de ce que dans vostre ame
Il faict encor étinceler sa flame
Pour mon subiect.

Ioesse.

Croyez asseurément
Que ie vous aime aussi parfaictement
Qu'au temps passé.

Aristene.

Pourquoy doncques, mauuaise,
Ne voulez-vous qu'à present ie vous baise?

Ioesse.

Certes ce n'est manque de volonté,
Sans que ie crains vous fussiez contenté.

Aristene.

Que craignez-vous?

Ioesse.

Que quelqu'vn ne nous voye.

Aristene.

Fort peu de gens passent par cette voye,

Mais neanmoins pour ioüer au plus seur,
Passons icy derriere l'espaisseur
De ce buisson, où nous pourrons sans crainte
Nous embrasser d'une amoureuse étrainte.

Ioesse.

Ainsi Pasteur estes-vous satisfaict?

Aristene.

Aucunement, voilà bien quelque effect
D'vn bon amour, mais il vous faut plus faire
Si vous voulez entierement me plaire.

Ioesse.

Que voulez-vous outre les priuautez
De ces baisers si doucement goustez?

Aristene.

Deffaites-vous de ce bouuier infame
Qui vous recherche & vous veut pour sa femme.

Ioesse.

Mais le moyen, par quelle inuention.

Aristene.

Dites n'auoir pour luy d'affection,
Et que plustost de la vie on vous priue
Qu'en l'épousant viure à iamais chetiue,
Et si l'on veut sans pitié vous forçer,
Criez, pleurez, feignez de trespasser,
Pour le surplus laissez-le-moy conduire,
Amour qui m'aide un bon conseil m'inspire.

Ioesse.

Ie me remets à la discretion
De vostre esprit, la bonne impreßion
Que i'ay de vous sans craindre m'y conuie,
Or ie m'en vay; Adieu m'a chere vie.

Aristene.

Adieu mon heur, ie vay dés auiourd'huy
Prendre le soin de nous oster d'ennuy.

SCENE II.

DEOLIS ET IOESSE.

Deolis.

L'On dit bien vray, trop tard l'on se rauise,
Quand le sort veut, que la faute est commise:
Si i'eusse sçeu, ce qu'ores ie connois,
Ie n'eusse pas pour la seconde fois
Remis mon col sous le rude seruage
De l'importun & fascheux mariage:
Si mon esprit eust esté bien sensé
Ie me deuois contenter du passé,
Et demeurer en mon triste veufuage
Ce qui restoit à passer de mon âge:
Ie ne serois maintenant soucieux,
Pour le soupçon d'vn mal pernicieux
Que le vulgaire appelle ialousie,
Et dont ie sens mon ame ià saisie
Par vn rapport qui me vient affliger,
Que ma Bergere est incline à changer,
Et qu'à present elle se voit reprise
D'vn qui iadis esclauoit sa franchise:
Que n'ay-ie sçeu deuant ma passion
A quoy tendoit son inclination,
Le repentir qui maintenant me presse
De mille dards ne me poindroit sans cesse,
Ie serois libre ainsi comme i'estois
Auant qu'amour m'eust remis sous ses loix:
Or s'en est faict, ie n'y puis plus que faire,
Le meilleur est d'obeïr & me taire,

Le grand destin veut qu'encor vne fois
Ie sois reduit sous les nopçalles lois:
Mais neanmoins, si ce n'est menterie,
Que ma Bergere vse de tromperie
En mon endroit, ie feray tout deuoir
De m'affranchir de son fascheux pouuoir,
Pour ce ie vay de ce pas mettre peine
De m'éclarcir si c'est chose certaine,
Or la voicy qui vient bien à propos.

Ioesse.

I'auois esté trop long-temps en repos,
Quelque dæmon enuieux & funeste
Ores me faict rencontrer cette peste
Pour m'affliger de ces fascheux discours.

Deolis.

Où va l'obiect de mes cheres amours?

Ioesse.

Ie vay là bas dedans cette prairie
Voir ce que faict ma grasse bergerie.

Deolis.

Attendez moy, i'y veux aller aussi.

Ioesse.

Non s'il vous plaist, ne prenez ce soucy.

Deolis.

Ho depuis quand estes vous si sauuage,
Quoy? qui vous meut d'vser de ce langage
En mon endroit, quelle rusticité,
Qu'est deuenu vostre ciuilité?

Ioesse.

Si vous iugez que ie sois inciuile,
Accostez vous d'vne nymphe de ville
Qui sçaura mieux que c'est d'honnesteté,
Et me laissez en ma rusticité.

Deolis.

Ventre de bœuf, oyant cette parole,
Bien peu s'en faut que de dueil ie n'afolle.

Ioesse.

Courez les champs, trauersez les forests,
Les monts, les vaux, & gayez les marests,
Allez si loin que ie ne vous reuoye,
Ce me sera certes beaucoup de ioye.

Deolis.

Voilà parlé d'vne telle façon,
Que maintenant ie tiens vray mon soupçon,
L'on disoit bien, inconstante Bergere,
Que vous estiez d'vne humeur fort legere,
I'en fais la preuue ores à mes dépens,
Et dont en vain trop tard ie me repens.

Ioesse.

Quoy? de m'aimer, allez ie vous en quitte.

Deolis.

Ho vous allez merueilleusement viste,
Ne croyez pas que ie vous prenne au mot,
Non, certes non, ie ne suis pas si sot,
I'aime trop l'heur d'estre en vostre seruage
Si vous n'estiez en vers moy si volage.

Ioesse.

Volage, en quoy?

Deolis.

Vous le sçauez assez,

Ioesse.

Certes non fay, Berger, vous m'offencez,
Ie ne sçay pas ce que vous voulez dire.

Deolis.

Vous m'entendez, ie vous voy bien sousrire,
Sans déguiser parlez-moy franchement.

Ioesse.
Et vous Berger, parlez plus clairement.
Car ie ne sçay la science diuine.
Deolis.
Teste de bœuf, ha que vous estes fine,
N'allez-vous pas encor vous consommant
Du feu d'amour d'vn qui fut vostre amant
Depuis n'agueres.
Ioesse.
O la plaisante chose,
Quoy, si i'estois desia chez-vous enclose
Vous n'vseriez de plus d'autorité.
Deolis.
L'hymen promis me donne liberté
De vous parler auec cette franchise.
Ioesse.
Berger, Berger, ie ne suis encor prise,
Vous pouuez bien maintenant, si ie veux,
Aller ailleurs faire offre de vos vœux.
Deolis.
Vous ne pouuez me faire cette iniure
Sans encourir le blasme de pariure.
Ioesse.
Si, ie le puis & ie sçay bien comment.
Deolis.
Ie ne sçaurois le croire fermement.
Ioesse.
Croyez ou non, cela bien peu m'importe,
Mais si pourtant croy-ie estre assez accorte
Pour accomplir ce que ie vous ay dit.
Deolis.
Tout est fort bon iusques au contredit.
Ioesse.
Nous le verrons.

Deolis.

Non, ie ne le desire.

Ioesse.

Si fay bien moy.

Deolis.

Vous trouuerriez bien pire.

Ioesse.

Ie ne sçaurois, si c'est la verité
Ce que de vous quelqu'vn m'a recité.

Deolis.

Vous ne pouuez qu'auoir ouy médire,
Nommez-le-moy, ie le feray dédire.

Ioesse.

Adieu Pasteur, ie n'ay pas le loisir.

Deolis.

Vous me feriez vn singulier plaisir.

Ioesse.

Ie ne veux pas, ains plustost au contraire
I'aimerois mieux mille fois vous déplaire.

Deolis.

C'est trop souffert vostre fascheux mépris,
Quand vous seriez belle comme Cypris
Ie ne sçaurois endurer cet outrage,
Adieu, ie romps vostre rude esclauage.

Ioesse.

Que vous m'ostez d'un étrange soucy!
Adieu Pasteur, & cent fois grand mercy.

Deolis.

Ha qu'ay-ie dit transporté de colere,
Mon cœur, m'amour, ma gentille Bergere,
He reuenez, ie vous requiers pardon,
Ne me laissez tout seul à l'abandon
Du desespoir qui contre moy conspire,
He reuenez & moderez vostre ire,

Elle s'enfuit, en vain ie crie apres,
Allons außi faire ailleurs nos regrets.

ACTE II.

SATYRE, CYANE, ARISTENE, CERAMBE.

SCENE I.

SATYRE ET CYANE.

Satyre.

PArdon amour, ie te donne la gloire
D'auoir sur moy remporté la victoire,
En tout le rond qu'éclaire le Soleil,
Ton grand pouuoir ne trouue son pareil:
Tu m'as vaincu, moy qui faisois le braue,
Tu me tiens pris & me fais ton esclaue,
Par le moyen d'vne ieune beauté
Qui peut charmer la mesme cruauté:
Mais ie ne sçay si ie pourré de mesme
Charmer son cœur de mon amour extrême,
Si ie le puis mon bon-heur sera tel,
Qu'il passera celuy de tout mortel.
Il faut tenter, pour ce ie m'achemine
Vers ce bosquet prés de cette coline,
Où l'on m'a dit que ma belle, mon cœur,

Vient tous les iours pour éuiter l'ardeur
Que va causant l'ardante canicule.
Or sans vser de plus long préambule,
Hastons le pas, & nous allons cacher
Dans ces buissons derriere ce rocher,
Et l'attendons couché sur la verdure,
Et sur le bord de cette eau qui murmure.

Cyane.

Dieux qu'est-ce-cy ! d'où vient ce changement!
Ie n'en sçay rien, i'y perds mon iugement,
Ie deuien triste, & si ie ne puis dire
L'occasion, bien souuent ie soûpire
Me complaignant sans sçauoir le pourquoy,
Et bref ie suis toute comble d'émoy:
Ie ne me plais que dans la solitude
Des lieux deserts, & dans la multitude
De nos Bergers, i'en aime vn seulement,
Ce que ie croy qui cause mon tourment,
Parce qu'auant que son visage aimable
Fust à mes yeux, comme il est agréable,
Ie ne sçauois que c'estoit que d'ennuis,
Ny des tourmens où maintenant ie suis.

Satyre.

Ie suis rauy regardant cette belle
Qui vient icy, sa douceur naturelle
Faict naistre en moy l'espoir de la toucher
De mon amour, ie vay m'en approcher.

Cyane.

A l'aide, à l'aide, ô dieux ie suis perduë.

Satyre.

Chassez la peur qui vous rend éperduë,
Ie ne viens pas pour vous faire du mal,
Non, ie ne suis ny fascheux ny brutal,
Ie vous honore autant qu'il est possible,

Tant seulement soyez un peu sensible
A la pitié, prenant compaßion
De moy qui suis en grande affliction.

Cyane.

Voulez-vous point me prendre à la pipée
Comme un oyseau? ie serois bien dupée.

Satyre.

Non, certes non, i'en atteste les dieux,
Et les rayons qui sortent de vos yeux.

Cyane.

Parlez de loin, ie suis toute épeurée,
Et prés de vous ie ne suis asseurée.

Satyre.

Belle, plustost que de vous faire tort
Ie souffriray cent mille fois la mort,
N'aprehendez nullement mon approche,
Iusques icy i'ay vescu sans reproche.

Cyane.

Mais vous pouuez perdre vostre bonté
Et commettre ore une meschanceté.

Satyre.

Iamais, iamais, ma nature est trop bonne.

Cyane.

Trouuez quelqu'un qui donc vous cautionne.

Satyre.

Ie le veux bien, la grande affection
Que i'ay pour vous sera ma caution.

Cyane.

Ie ne la trouue aucunement soluable
N'ayant que vous qui me soit responsable.

Satyre.

Vous n'en deuez faire difficulté,
Chacun me tient pour aimer l'équité.

Cyane.

Ie vous ay dit, ne le trouuez étrange,
Que cette humeur en un moment se change.

Satyre.

Si ie voulois vous faire déplaisir
Pourrois-ie pas maintenant vous saisir?

Cyane.

Nenny, pouuant enfiler la venelle,
Comme ie vay d'vne carriere isnelle;
Adieu Satyre, adieu, iusqu'au reuoir.

Satyre.

Vous pensez donc ainsi me deceuoir,
Ha non ferez, ie sçay bien la maniere
Ainsi que vous de courre vne carriere.

Cyane.

A l'aide, à l'aide.

Satyre.

En vain vous appelez,
Ie vous auray, si tost vous ne volez
Comme un autour; Ah malheureuse pierre,
Mal à propos tu me fay choir à terre,
Encor le pis ie me suis tors le pied,
Et i'ay bien peur d'en estre estropié,
Qu'il me faict mal.

Cyane.

Ha, ha, ie meurs de rire,
Debout, debout, releuez-vous Satyre,
Là, haut le cul, tenez voilà ma main,
Saisisez-là.

Satyre.

Fille au cœur inhumain
Vous vous mocquez de ma triste disgrace,
Que fussiez-vous maintenant en ma place,

Cyane.

De ma santé c'est faire peu de cas,
Ie sçauois bien que vous ne m'aimiez pas.

Satyre.

Ha que si fais, vous estes mon idole,
Ie meurs d'amour, i'en brûle, i'en affolle.

Cyane.

Vous affollez ? ah dieux gaignons le haut,
Que sa fureur ne nous liure vn assaut.

Satyre.

Elle s'enfuit la mauuaise, & me laisse
Sans m'aßister au tourment qui m'oppresse,
Plus de rigueur ne se pourroit trouuer:
Or sus taschons nous-mesme à nous leuer.
Que i'ay de peine, ah que ie n'aurois garde
De courre apres cette belle fuyarde.

SCENE II.

ARISTENE ET CERAMBE.

Aristene.

Fiez-vous-y ! quelle legereté;
Oncques accord ne fut mieux arresté:
Ce neanmoins c'est de tous la nouuelle
Qu'encor vn coup elle m'est infidelle,
Plus que iamais elle aime son bouuier,
Par tous moyens tasche à le conuier
De renoüer leur premiere concorde,
A quoy l'on dit que le rustre s'accorde,
Dont de dépit ie suis tout transporté,
Moy qui le passe en honneur & bonté,
Ie permettray, ie creue de colere,

Que cette sotte ainsi me le prefere;
Non Aristene il ne le faut souffrir:
Mais quel Pasteur aperçoy-ie s'offrir
Sous cet ormeau? ventre si c'est mon homme
Tout en est dit il faut que ie l'assomme
De mille coups de ce roide leuier,
Arme tres-propre à tuer vn bouuier,
Allons tout dous à fin de le surprendre,
Ha vertu bleu i'ay pensé me méprendre,
Ce n'est pas luy, mais vn que i'aime mieux
Qu'aucun Berger qui soit en tous ces lieux.
Abordons-lé, ie pense qu'il sommeille,
Cerambe, amy debout, qu'on se réueille.

Cerambe.

Vous m'y prenez, l'ombre de cet ormeau,
Et le doux bruit que faict ce clair ruisseau,
Ioint la chaleur grandement étouffée,
M'auoyent ietté dans les bras de Morfée.

Aristene.

O que se fust la volonté des cieux,
Que le sommeil voulust fermer mes yeux
Iusques à tant qu'vn dépit qui m'outrage
Eust terminé sa violente rage.

Cerambe.

Que vous est-il suruenu de nouueau
Qui vous agite & trouble le cerueau?
Dites le-moy, ie vous prie, Aristene.

Aristene.

Ie le veux bien, car c'est ce qui m'amene,
Quand mon ennuy ie vous ay reuelé,
I'en suis tousiours grandement consolé,
Escoutez donc.

Cerambe.

Dites, ie m'y dispose.

Ariſtene.

Dieux que l'amour eſt vne étrange choſe,
Si vous n'auiez, eſtant ieune, éprouué
Comment il tient vn courage entraué,
Ie n'oſerois, retenu par la honte,
Vous reciter comme ore il me ſurmonte,
Et le ſubiect, ce d'autant qu'autresfois
Les amoureux deuant vous ie gauſſois,
Notamment ceux qui d'vn laſche courage
Vont deferant vn trop ſeruil hommage
A leurs obiects : or i'en ſuis chaſtié,
Pourquoy ie viens ſommer voſtre amitié
De me donner quelque aduis ſalutaire.

Cerambe.

Tres-volontiers, contez moy voſtre affaire.

Ariſtene.

Vous auez ſçeu, vous l'ayant recité,
Comment amour retient ma liberté
Par les attraicts de la belle Ioeſſe,
Laquelle auſſi m'auoit faict la promeſſe
De me cherir iuſqu'au dernier moment:
Or quelque temps apres mon partement
De ce ſeiour, par vn trait d'inconſtance
Elle me miſt bien toſt en oubliance,
Donnant ſa foy que de long-temps i'auois
A Deolis le bouuier mal courtois;
Moy de retour, ie m'en allé vers elle,
Mais la trouuant toute froide & rebelle
Ie me douté de quelque changement,
Que ie luy fis aduoüer franchement:
Lors me pleignant de cette déloyale
Et de l'humeur qui la rend inégale,
Ie fis ſi bien qu'elle ſe repentit,
Et derechef à moy ſe conuertit:

Mais ce n'estoit rien sinon qu'vne feinte,
Car l'on m'a dit que son ame est atteinte
Plus que deuant de ce rustre vilain,
Ce qui me cause vn furieux dédain,
Dont ie n'espere auoir de l'alegeance
Que par le coup d'vne prompte vengeance.

Cerambe.

Si vous voulez vser de mon conseil,
Sans vous donner en proye à tant de dueil,
De vostre cœur effacez son image,
Puis autre-part cherchez vostre auantage.

Aristene.

Ie ne sçaurois, ie l'ay voulu tenter,
Mais ce n'est rien que ma peine augmenter.

Cerambe.

Vous m'étonnez me tenant ce langage,
Veu que l'obiect qui si fort vous engage
N'a rien qui soit par dessus le commun;
Son œil est beau, mais elle a le teint brun,
Apres cela, horsmis vn peu sa bouche,
Elle n'a rien qui bien viuement touche.

Aristene.

Si la beauté se trouuoit toute en gros
En vn subiect, il n'est si grand heros
Qui la peust voir sans hazarder sa vie
Tant il auroit d'amour l'ame rauie,
Pourquoy les dieux ont faict tres-sagement
Qu'on ne la voit iamais entierement,
Ains quelques traicts dont la viue lumiere
Bastent pour rendre vne ame prisonniere,
Et voilà comme vn attraict seulement
De la beauté me donne du tourment;
Ioint à cela certaine accoustumance
De nous hanter presque dés nostre enfance.

Cerambe.

Ie vay cedant à cette verité,
Mais d'autre part ma curiosité
Desireroit tres-volontiers d'aprendre
Comment n'estant encor qu'en l'âge tendre,
Vous auez sçeu si priuément hanter
Celle dont l'œil a peu vous surmonter,
Veu que deux ans n'ont leur course finie
Depuis qu'elle est en nostre compagnie,

Aristene.

L'on ne contoit que le neufiéme Esté
De mes saisons, lors que ie fus porté
Prés du seiour qui donna la naissance
A celle-là dont ie sens la puissance,
Et le subiet pourquoy i'y fus mené,
Ce fut pour estre aux Arts endoctriné
Par vn Berger tout plein de sufisance,
Qui lors faisoit en ce lieu residance:
Or vne fois qu'allant chez ce docteur,
Accompagné d'vn mien aimé pasteur,
Ie rencontré celle dont l'œil me blesse,
N'estant encor qu'en sa tendre ieunesse:
Ie n'eus si tost consideré son teint,
Son front, ses yeux que ie m'en veis atteint,
Sans neanmoins pouuoir ores comprendre
Qu'amour voulust à cette heure me prendre
Tant ie sentois encore mon enfant:
Mais tost apres amour le triomfant,
Chassa de moy cette mienne innocence,
Et m'instruisit en sa douce science,
Car c'est son propre entre ses grands effects
Qu'en nous vainquant il nous rend plus parfaicts:
Doncques sentant viuement sa pointure,
Il m'inspira d'en rechercher l'acure,

En

En me faisant promptement adresser
A la beauté qui m'auoit sçeu blesser,
Laquelle fut à mes vœux fauorable
Me promettant vn amour immuable,
Comme en pareil ie luy fis le serment
De la seruir iusqu'au dernier moment;
Ce que i'ay fait iusqu'à l'heure presente,
Dont mon ame est extrêmement contente:
Mais au contraire, elle tout au rebours
Met en oubly nos pudiques amours,
Lasche action qui fletrira sa gloire!
Or pour finir en deux mots cette histoire,
Sçachez qu'ayant demeuré trente mois
En grand plaisir éloigné de nos bois,
Finalement la celeste ordonnance
Me fist reuoir le lieu de ma naissance,
Ayant premier vn triste congé pris
De la beauté de qui ie suis épris,
A qui ie fis vne ferme promesse
De l'honorer & de l'aimer sans cesse,
Luy promettant poussé d'amour feruent,
De luy mander des nouuelles souuent;
Ce que i'ay fait sans faute, iusqu'à l'heure
Qu'elle est venuë icy faire demeure
Auec son pere, à qui les dieux amis
Ont fait échoir du bien en ce païs.

Cerambe.

Pour auoir pris tant de solicitude,
Vous éprouuez beaucoup d'ingratitude,
Certainement cela me fait iuger
Qu'elle est mal née & d'vn esprit leger,
Oubliez la si vous estes bien sage,
Et recherchez ailleurs vostre auantage.

Ariſtene.

Ie vous croiray, mais ie veux la tenter
Encor vn coup, puis apres la quitter,
Cela s'entend, ſi de ſon inconſtance
Elle ne vient à quelque repentance.

ACTE III.

DEOLIS, IOESSE, CYANE, SATYRE.

SCENE I.

DEOLIS ET IOESSE.

Deolis.

Ourray-ie bien deſormais m'aſſeurer
Que ſon amour puiſſe long-temps durer,
Veu l'action que n'aguere elle a faicte;
Certainement ie la tiens fort ſuſpecte,
Et ne ſçaurois auoir d'autre penſer
Que c'eſt vn tour qu'elle me veut braſſer,
Quoy qu'elle m'ait expreſſément fait dire
Que maintenant ſon ame ne reſpire
Que le bon-heur de mon affection,

En fin qu'elle eſt à ma deuotion:
Pour ce ſubiect elle ce viendra rendre
Dans peu de temps, où ie m'en vay l'attendre
Sous ce gros cheſne, aupres de ce rocher;
Or ie la vois haſtiuement marcher
Qui vient icy, faiſons luy froide mine,
Diſsimulant l'amour qui nous domine.

Ioeſſe.

Ie n'eſperois vn ſi mauuais accueil,
Auriez-vous bien encores quelque dueil?

Deolis.

Qui n'en auroit, il faudroit que nature
M'euſt composé de quelque pierre dure.

Ioeſſe.

Qui ſe repent de ſon erreur commis,
Merite bien que tout luy ſoit remis.

Deolis.

Certes c'eſt peu que de la repentance
Si l'on n'en fait apres la penitence.

Ioeſſe.

Le repentir peut eſtre ſi parfait,
Que l'offensé du tout il ſatisfait,
Teſmoin des Dieux la diuine clemence,
Qui du contrit va pardonnant l'offence.

Deol s.

Les puiſſants Dieux liſent fort clairement
Dans noſtre cœnr, & ſçauent bien s'il ment:
Mais nous chetifs qni n'auons la ſcience
De lire ainſi dedans la conſcience,
Que ſçauions-nous ſi veritablement
L'on ſe repent, ou ſi c'eſt faintement.

Ioeſſe.

Ne croyez-pas en la belle apparence,
Aſſeurez-vous deſſus l'experience.

Deolis.

Tel nous ſera dix fois officieux
Pour nous iouër d'vn tour pernicieux,
Doncques comment pourra on reconnoiſtre
Le bon amy d'auec le meſchant traiſtre?

Ioeſſe.

Il eſt encor beaucoup de gens de bien.

Deolis.

Certainement pour moy ie n'en ſçay rien,
Iuſqu'à preſent, il faut que ie le die,
Ie n'ay trouué que de la perfidie.

Ioeſſe.

Vous trouuerez d'oren'auant en moy
Vn parangon, d'amour, d'honneur, de foy.

Deolis.

Ce ſera donc vne grande merueille,
Car à changer vous eſtes nompareille.

Ioeſſe.

Si i'ay commis quelquesfois cet erreur,
Mon eſprit l'a maintenant en horreur,
Pour ce oubliez mon action paſſée.

Deolis.

Si vous voulez qu'elle ſoit effacée,
Promettez-moy de ne careſſer plus
Mon corival, qu'il ſoit du tout exclus.

Ioeſſe.

Cela vaut faict.

Deolis.

Ie vous ſupplie encore
Que s'il reuient deuers vous qu'il adore,
Declarez luy qu'il s'aille departant
De vous aimer, qu'il vous aille quittant.

Ioeſſe.

Ayez à gré que quelqu'autre luy die,

Car ie ne ſuis certes aſſez hardie.

Deolis.

Que craignez vous?

Ioeſſe.

Ie crains de le faſcher,
Et de me voir iuſtement reprocher
Mon peu d'amour & ſon loyal ſeruice.

Deolis.

Qui donc pourra nous faire cet office.

Ioeſſe.

Ie iugerois qu'il ſeroit bon de vous.

Deolis.

Non s'il vous plaiſt, ie crains trop ſon courous,
Dernierement ie le vis en furie
Contre vn Berger de la vendengerie,
Lequel, s'il n'euſt couru haſtiuement,
Ie croy qu'il l'euſt battu cruellement.

Ioeſſe.

Si vous n'auez aſſez de hardieſſe,
S'il vous aſſaut, combattez de viteſſe.

Deolis.

Que diroit-on de telle laſcheté,
I'aimerois mieux n'auoir onques eſté,

Ioeſſe.

Le vain caquet d'vn badaut populaire
Ne nous fait mal, comme vn coup ſanguinaire.

Deolis.

L'on dit pourtant qu'il vaudroit mieux mourir,
Que ſon renom voir deuant ſoy perir.

Ioeſſe.

Fol eſt celuy qui là deſſus ſe fonde,
Certes il n'eſt que de viure en ce monde,
Quand l'on eſt mort l'on ne ſert plus de rien,
Et noſtre corps ne ſent ne mal, ne bien,

I'aime les vifs, & non ceux qu'vne lame
Enclost en soy, priuez de sang & d'ame:
Pour ce ie veux, sans plus vous hazarder,
Que vous ayez le soin de vous garder.

Deolis.

Ce bon auis grandement profitable,
Faict que ie croy vostre amour veritable:
Pour Calistene il faut vn peu songer
Comme on pourra l'aborder sans danger.

Ioesse.

C'est tres-bien dit, mais rien encor ne presse.

Deolis.

Ie n'auray point le cœur tiré d'oppresse,
Qu'il ne se soit tout à fait departy
De vous seruir, cherchant ailleurs party.

Ioesse.

Inuentez-nous quelque tour de souplesse,
Qui face voir vostre gentille addresse,
Et cependant chacun aille chez soy,
Car aussi bien quelques-vns i'apperçoy,
Dont le chemin en ce lieu semble tendre:
Allons-nous-en, ie ne les veux attendre.

Deolis.

Adieu m'amour, ie vous prie humblement
A l'auenir de m'aimer cherement.

SCENE II.

CYANE ET LE SATYRE.

Cyane.

TAnt plus ie vay, plus mon inquietude
Va s'augmentant & deuient du tout rude,
Ie ne sçay plus comment la supporter,
Ni moins encor le remede tenter,
Qui pourroit bien me donner allégeance,
Sinon qu'il est hors de la bien-seance,
Ha que l'amour à son commencement
Me va causant un rigoureux tourment.

Satyre.

C'est à ce coup que buissons ont oreilles,
Par la mort-bleu ie viens d'ouyr merueilles,
Seroit-ce bien de moy que Cupidon
L'échaufferoit de son paillard brandon.

Cyane.

Ie ne sçay pas quelle en sera l'issuë,
Mais ie preuoy (Dieux que ie sois deçeuë)
Que ie ne suis sur le poinct d'amortir
Le feu cuisant qu'amour me fait sentir,
Car le pasteur de qui ie suis éprise
Ne connoist pas que ie luy sois acquise.

Satyre.

Qui seroit bien ce drolle tant heureux
De qui son cœur est si fort amoureux,
N'est-ce point moy que pasteur elle nomme,
Ie le voudrois, ie serois bien son homme.

Cyane.

O que n'est-il maintenant en ces lieux,

Qu'il me verroit luy faire les doux yeux.

Satyre.

Mon petit cœur, beau soleil qui m'éclaire,
C'est mon deuoir plustost de vous le faire:
Approchez-vous, ie veux vous caresser,
Et mille fois vostre corps embrasser.

Cyane.

O Dieux, ô Dieux que me voila surprise!
Hé le moyen que mon faict ie déguise.

Satyre.

N'ayez l'esprit saisi d'estonnement,
Et sans frayeur parlez-moy librement,
Est-ce de moy que vous estes rauie?
En verité i'en aurois bien enuie.

Cyane.

Satyre, amy, vostre abord trop soudain
M'a tellement mis la peur dans le sein,
Que ie ne puis, qu'auecques grande peine,
De mes poumons attirer mon haleine
Pour vous répondre, attendez vn moment,
Et vous aurez de moy contentement.

Satyre.

Ouy da, mon cœur, ma belle cytherée,
Ie l'attendray, soyez-en asseurée:
Mais cependant, ie vous prie entendez
Comment du tout vostre vous me rendez,
Ie meurs d'amour pour vostre beau visage,
Comme en pareil l'on voit dans ce bocage
Perir pour moy mille nymphes, dont l'air
Et la beauté peuuent faire affoler
Les plus constants à fuir le delice,
Que fait gouster la déesse d'Erice,
Encore hier ie fus persecuté
D'vne qui vint par grande humilité

Me supplier d'alléger le martire
Qu'elle a pour moy, mais ie n'en fis que rire,
Car ie ne puis autre que vous aimer,
Amour, pour vous, peut mon cœur allumer.

Cyane.

Satyre, amy, prenez vn peu la peine
D'aller querir de l'eau d'vne fonteine
Pour m'arrouser, le cœur me veut faillir.

Satyre.

Quel est le mal qui vient vous assaillir?

Cyane.

Ie vous l'ay dit, soustenez moy, ie tombe!

Satyre.

Dieux qu'est ce cy, la voila qui succombe
A la douleur, courage mon souhait,
D'aller à l'eau i'auray bien plustost faict:
Allons-y donc, mais deuant que ie baise
Ses tetins blancs, & sa bouche à mon aise;
La volupté! que n'ay-ie le loisir
De manier son, de qui i'ay desir.
Or sus, allons d'vne course hastiue
Puiser de l'eau de quelque source viue.

Cyane.

Est il fort loin, ouy, ie ne l'apperçoy
Plus icy prés, qu'il m'a causé d'effroy,
Fust-il là bas auecques Proserpine!
Voyez vn peu si ie n'eusse esté fine
Où i'en estois? mais sans plus de seiour
Gaignons le haut de peur de son retour.

Satyre.

Ho, qu'est-ce cy? qu'est elle deuenuë?
Mais ay-ie bien la place retenuë?
Estoit-ce icy, ie n'en sçay que penser:
Cherchons par tout, ho i'ay beau tracasser,

Ie suis duppé, la plaisante cassade,
Comme elle a feint d'estre bien fort malade
Pour m'enuoyer, puis apres échapper;
Si ie la puis quelquesfois ratrapper,
C'est bien hazard si de pareille ruse
Encor vn coup la mauuaise m'abuse.

SCENE III.

ARISTENE ET IOESSE.

Aristene.

CErtes amour est grandement cruel,
De me brusler d'vn feu continuel,
Et cependant celle qui me possede,
A tous propos iouyt d'vn intermede:
Si quatre iours elle sent de l'ardeur,
Elle en est six que ce n'est que froideur:
Tantost elle aime, & tantost l'inhumaine
Me fait paroistre vn cœur tout plein de haine:
Dont ne pouuant dauantage endurer,
Encor vn coup ie vay m'auenturer
De la prier de m'estre plus fidelle,
Si non c'est fait, ie prendray congé d'elle,
Pour ce suiet ie m'en vay la chercher:
Or sus, allons, commençons à marcher,
Ho, qu'est cecy? la plaisante auanture,
Sur ce fouteau ie vois de l'écriture;
Approchons-nous pour la lire, vrayment
Ie suis saisi d'vn grand estonnement:
Et le subiet, c'est que l'autheur d'icelle
S'adresse à moy, dont ie suis en ceruelle
Ne sçachant pas à quoy tend son dessein;

Or ſus, or ſus apprenons-le ſoudain.

Au berger Caliſtene ſalut.

Gentil berger, le beau fils de Cyprine
Dont le pouuoir ſur le monde domine,
M'ayant bleſſé le cœur en mille parts,
Par les rayons ſortans de vos regards,
Il me contraint d'vne douce contrainte
De vous le dire, & vous faire ma plainte,
Trouuez-le bon, ie vous prie humblement,
Et ſans en faire vn mauuais iugement,
Car mon amour de la vertu guidée,
Deſſus hymen eſt ſeulement fondée,
Si vous aimez la declaration
Que ie vous fais de mon affection,
Obligez-moy de me le faire entendre,
Grauant deux mots ſur cette eſcorce tendre,
Et puis apres vous ſçaurez qui ie ſuis,
Et ſi ie vaux le bien que ie pourſuis.

Ariſtene.

Pardon, amour, ie ne veux plus me plaindre,
Puis que tes dards ores viennent contraindre
Vne bergere à m'aimer deſormais;
Ouyda, bergere, ouyda ie vous promets
De vous cherir d'vn amour reciproque
Si plus de moy ma Ioeſſe ſe mocque
Pour ce iourd'huy, c'eſt un faict arreſté,
Ie veux ſçauoir quelle eſt ſa volonté:
Bon, la voicy qui vient par cette ſente,
Le grand bon-heur que le Ciel me preſente!

Ioeſſe.

Voila goſſer iuſqu'au dernier degré,
Vrayment paſteur ie vous en ſçay bon gré.

Ariftene.

Vous cheriffant cent fois plus que moy-mefme,
Ie vous puis bien dire mon heur extrefme.

Ioeffe.

Si le deftin ne vous rend plus heureux,
Vous pourrez bien le nommer rigoureux,
Et l'accufer de vous eftre contraire,
De vous donner vn bon-heur fi vulgaire.

Ariftene.

Vous en direz tout ce qu'il vous plaira,
Mais Ariftene oncques ne ceffera
De l'eftimer, comme il eft eftimable,
Pourueu qu'ainfi vous l'ayez agreable.

Ioeffe.

C'eft mon regret, que ie n'ay le pouuoir
Par bons effects de vous le faire voir:
Mais le malheur eft tant mon aduerfaire,
Que ie ne puis en rien vous fatisfaire.

Ariftene.

Affez i'auray de fatisfaction,
Ayant le bien de voftre affection.

Ioeffe.

Las, vous l'auez, mais il eft inutile,
Ne pouuant rien produire de fertile.

Ariftene.

Ie vous entends, c'eft que vous me quitez;
N'eft il pas vray? parlez, vous hefitez.

Ioeffe.

Il eft trop vray, mais las i'y fuis forcée:
Dont ie me tiens grandement offencée,
Parce que c'eft de droit, & d'équité,
Que l'hymen foit en noftre liberté.
O Dieux du Ciel que ie fuis miferable,
Qu'il faille, helas! que ie fois variable,

Et que ie quitte, outre ma volonté,
Mon cher pasteur de moy tant regretté;
Ce neantmoins, qu'il viue en asseurance
De posseder tousiours ma bien-veillance,
Ie l'aimeray certes, par dessus tous,
Sans excepter l'amour de mon époux:
De vostre part, cher pasteur que ie laisse,
A mon regret, aimez vostre Ioesse.

Aristene.

Cœur déloyal pensez-vous m'abuser?
Pouuiez-vous pas Deolis refuser?
Vous tenoit on le poignard sur la teste?
Non, certes non, ie ne suis pas si beste
Que de le croire, & puis que dites vous
De ce qui fut n'agueres entre nous
Si bien conclu? quoy vous baissez la veuë?
Que n'estes-vous d'vne excuse pourueuë
Pour colorer cette legereté:
Encore hier il me fut rapporté
Que vous auez, mauuaise tromperesse,
A Deolis fait certaine promesse
Depuis deux iours de n'aimer rien que luy;
Ha que pour vous ie supporte d'ennuy!
Face du Ciel la puissance infinie,
Que quelque iour vous en soyez punie,
Et que celuy que vous cherissez tant,
Cruellement vous aille mal traittant;
Or ie m'en vais, de bon cœur ie vous laisse:
Mais ne pensez que ie sois sans maistresse,
Venant icy, l'heur m'en a tant voulu,
Que si ie veux ie suis époux esleu
D'vne beauté sur toutes accomplie.

Ioesse.

Nommez-la moy, pasteur, ie vous supplie.

Ariſtene.

Vous la nommer? ô courage inconſtant?
Que non feray.

Ioeſſe.

Ne vous faſchez point tant,
Ie puis encor apporter du remede
Au déplaiſir qui voſtre ame poſſede.

Ariſtene.

N'en parlons plus, i'ay qui le guerira,
Et qui mon dueil du tout réiouyra.

Ioeſſe.

Mon cher Paſteur, mon ame, mon delice
Ne quittez pas maintenant mon ſeruice,
Ie me repents de ce qui c'eſt paſſé.

Ariſtene.

Vous m'auez trop ſans ſubiet offencé.

Ioeſſe.

Helas pardon.

Ariſtene.

Hé bien ie vous pardonne,
Mais dés icy voſtre amour i'abandonne.

Ioeſſe.

Que dittes vous? las donnez-moy la mort
Cent fois pluſtoſt que me faire ce tort.

Ariſtene.

Allez, allez, viuez en eſperance
Vous maintenant en la perſeuerance.

SCENE IIII.

DEOLIS ET ARISTENE.

Deolis.

IE l'aperçoy, mais ie n'ay nul tesmoin
Pour me seruir si i'en ay de besoin,
Pource il vaut mieux que ie ne m'en approche,
Que de dix pas de peur qu'il ne me torche,
Tournez visage? un mot tant seulement.

Aristene.

Que me veux-tu, parle donc promptement.

Deolis.

Vous supplier.

Aristene.

Parachene.

Deolis.

Ie n'ose.

Aristene.

Non ne crains point, dépesche-toy, propose
Ce que tu veux.

Deolis.

Ma priere est touchant.

Aristene.

Qui?

Deolis.

Celle-là, que ie vois recherchant.

Aristene.

Retire-toy, bounier, ie te conseilles
Si tu ne veux auoir sur les oreilles.

Deolis.

Permettez-moy, sans entrer en courons

De vous parler, soyez vn peu plus dous.

Aristene.

Va-t'en te dis-ie & plus ne m'importune.

Deolis.

Vous tesmoignez vne grande rancune,
Si ne pensay-ie auoir oncques commis
Aucun forfait qui nous rende ennemis.

Aristene.

Au loin au loin, & sans caiollerie
Ne me viens plus donner de fascherie,
Si ce n'estoit que ie n'aurois d'honneur
De t'assommer, perfide suborneur,
Tiens pour certain que cette roche dure
Te seruiroit de triste sepulture.

Deolis.

Si ne pensay-ie auoir iamais tasché,
Tant seulement à vous rendre fasché.

Aristene.

Tu sçais bien mieux que tu ne me veux dire.

Deolis.

Excusez moy.

Aristene.

N'allume plus mon ire,
En déguisant ainsi la verité,
Meschant coquin la mesme indignité,
Villain bouuier, infame, dy, confesse,
Ne m'as-tu pas débauché ma Ioesse?

Deolis.

Certes nenny, croyez-le bonnement,
Et si ie l'ay, c'est par consentement
De ses parents, lesquels me l'ont promise.

Aristene.

Tu sçauois bien que mon ame est éprise
De sa beauté.

Deolis.

Que si ie le sçauois,
Puisse ie perdre à cette heure la vois,
Et puis mourir, ie serois trop coupable
D'auoir commis vn acte si blasmable,
Dailleurs ie suis vostre humble seruiteur,
Obligez-moy de le croire.

Aristene.

Pasteur,
Si tu me veux donner cette creance
En ton amour plus outre ne t'auance.

Deolis.

Ie ne le puis sans me faire grand tort,
Mais vous plustost vous m'obligerez fort,
Si vous voulez me faire cette grace
Que vostre amour en plus outre ne passe,
C'est le subiet qui m'a fait vous venir
Trouuer icy.

Aristene.

Quoy? tu me viens tenir
Vn tel propos? indiscret temeraire,
Par la morbleu ie te feray bien taire.

Deolis.

C'est le meilleur d'échapper dans ce bois,
Et me cacher dedans ces antres cois,
Qu'il est épois, morbleu comme il me pique,
Encor deux pas puis ie vous fais la nique.

Aristene.

Tu me suis doncq', pour le moins ces caillous
T'écrazeront d'vn million de coups.

Deolis.

Iusques icy l'effroyable tempeste
De ces caillons me vient souffler la teste,
Fuyons plus loin.

Ariſtene.

Ha, ie voy le renard,
Par la morbleu ie vous auray pendard.

Deolis.

Si ie ne cours de plus grande viteſſe
Ie ſuis du guet, i'ay bien peur qu'il me bleſſe.

Ariſtene.

Ho ho, comment l'ay-ie ſi toſt perdu,
Par la morbleu ie croy qu'il eſt fondu,
Quelque demon ſorty du noir auerne,
La trebuſché dedans quelque cauerne,
Cherchons vn peu, ie ne le puis trouuer,
Ventre, comment à t'il pût ce ſauuer,
Ie n'en ſçay rien, il eſt preſque impoßible,
Si non qu'on dit qu'il ce rend inuiſible
Quand il luy plaiſt, où bien lors que quelqu'vn
Le veut faſcher, on le ſuit importun,
Voilà comment les perils il euade,
Bien aiſément ie me le perſuade,
Certes ie croy qu'en cette occaſion
Il c'eſt ſeruy de cette illuſion,
Or ie m'en vois, de bon cœur ie le donne
A la hideuſe & fiere Tiziſonne,

ACTE IIII.

LE IVGE, LE GREFFIER, LES TESMOINS, ARISTENE, LE CHOEVR DES PASTEVRS, CERAMBE, IOESSE SEVLE.

SCENE I.

LE IVGE, LE GREFFIER, LES TESMOINS, ARISTENE, LE CHOEVR DES PASTEVRS.

Le Iuge.

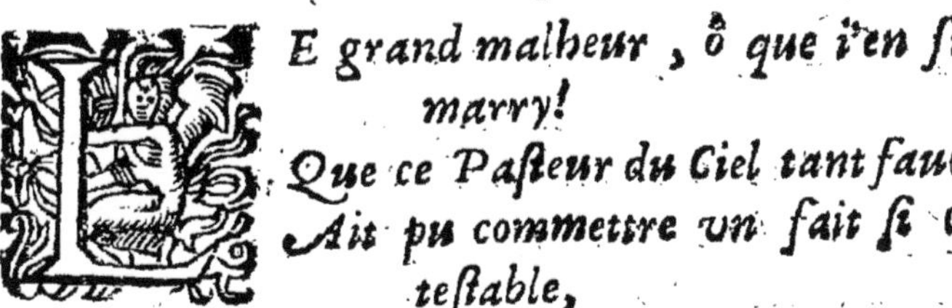

E grand malheur, ô que i'en suis marry!
Que ce Pasteur du Ciel tant fauory
Ait pu commettre un fait si detestable,
Certainement c'est chose peu croyable.

Le Greffier.

Mais vous voyez, il en est accusé.

Le Iuge.

Et qui sont ceux qui vous l'ont déposé,

Le Greffier.
Trois vieils Bergers de façon venerables.
Le Iuge.
Que sçauez-vous s'ils ne sont point sannables.
Le Greffier.
Ie croy que non.
Le Iuge.
Faites les nous venir,
Ie veux l'vn deux à part entretenir.
Le Greffier.
Holà tesmoins, l'vn de vous se presente.
Premier tesmoing.
Ce ton de vois peu s'en faut m'épouuente,
Ie vois pourtant venerable Berger,
Que vous plaist il.
Le Iuge.
Ie veux t'interroger,
Çà, iure moy la puissance ineffable
Que tu seras maintenant veritable.
Premier tesmoing.
Iusques icy i'ay vescu saintement
Et ne fis onq' de captieux serment,
Ce neanmoins le grand dieu Pan i'ateste,
Et tous les dieux de la voûte celeste
Que ie diray la pure verité.
Le Iuge.
Donq' as-tu veu la fiere cruauté,
Que Calistene a n'aguere commise
Sur Deolis?
Premier tesmoing.
O Iuge que ie prise,
Comme vn qui tient la balance des dieux
Où sont pesez les actes vicieux,
Ie n'ay pas veu le trépas miserable

De Deolis, mais il est vray semblable,
Car Aristene estant tout transporté,
Et hors de soy le couroit irrité,
Voire si bien que pensant fuir sa rage
Il se lança dans le fort du boccage,
D'où du depuis il ne fut veu de nous.

Le Greffier.

Luy vistes vous délascher quelques coups?

Premier tesmoing.

Comme il fuyoit Aristene grand' erre,
Ie vis voller apres luy mainte pierre.

Le Iuge.

Ie voudrois bien en aprendre vn peu moins,
Faites venir les deux autres tesmoins.

Le Greffier.

Or sus venez rapporter tesmoignage.

Le Iuge.

Auez-vous veu commettre le carnage
De Deolis?

Les deux Tesmoins.

Nenny, mais peu s'en faut.

Le Greffier.

Continuez.

Les deux Tesmoins.

Comme il gaignoit le haut
Nous vismes lors Aristene le suiure
D'vn roide cours, & si bien le poursuiure
Qu'il fut contraint d'échaper dans vn bois
Où nous croyons qu'il le mist aux abois,
Car du depuis il n'en fut plus nouuelle.

Le Greffier.

Voilà vrayment vne action cruelle.

Le Iuge.

N'auez-vous point mesmes ouy parler

Du different qui les fit quereller?

Les Tesmoins.

Le bruit commun est que la ialousie
Depuis vn temps troubloit leur fantasie,
Et leur donnoit de merueilleux trauaux,
Et ce d'autant qu'ils estoient coriuaux.

Le Greffier.

Rien ne nous meut plus fort à la vengeance,
Que cette fiere & malheureuse engeance,
Ce qui me porte à donner plus de foy
A ces tesmoins ouy certes ie les croy,

Le Iuge.

Or poursuiuant encore à nous instruire
Ne sçauriez-vous en plus outre produire
De tesmoingnage, auez vous recité
Sans déguiser la pure verité?

Les Tesmoins.

Ouy, ie vous iure.

Le Greffier

Apres l'action faite
Chacun de vous sonna-il de retraitte?
Que fistes vous?

Les Tesmoins.

Chacun de nous entra
Dedans le bois & par tout penetra,
Mais vainement car en aucune place,
De Deolis nous ne vismes de trace.

Le Iuge.

Certes voicy grandement à songer,
Et les parents de ce pauure Berger,
Qu'en disent-ils?

Ler Tesmoins.

L'on tient qu'ils ont croyance
Qu'il à passé le fleuue d'oubliance.

Le Iuge.

Cela s'entend que la sourde Cloton,
La fait descendre au manoir de Pluton.

Les Tesmoins.

Il est ainsi.

Le Iuge.

Qu'est-ce qu'il vous en semble?

Le Greffier.

Il faut iuger, que le peuple on assemble
Pour opiner, & nous donner sa vois,
Ainsi qu'il est ordonné par nos lois.

Le Iuge.

Il faut ouyr parauant Aristene,
Pource quelqu'vn en ce lieu nous l'améne.

Le Greffier.

Tout de ce pas ie m'en vois commander
Qu'il vienne icy promptement sans tarder.

Le Iuge.

Pauure Berger que ie pleints ton desastre!
Tu fus bien né dessous vn mauuais astre,
Son influence agissoit puissamment,
Au point fatal de ton premier moment,
Pauure Pasteur que ceste action noire
De tes vertus va ternissant la gloire.

Le Greffier.

Voicy venir le pauure Delinquand,
Et tout le chœur des Bergers quant & quant.

Le Iuge.

Ie l'apperçoy, certes sa contenance
D'aucun forfait ne donne d'apparence,
Chœur de Bergers demeurez à recoy:
Vous Aristene approchez vous de moy,
Respondez nous, est-il bien veritable
Que vous ayez esté si detestable,

D'auoir commis le meurtre rapporté?

Ariſtene.

Ie vois iurant l'immenſe deïté,
Qui connoiſt tout & qui par tout préſide,
Que ie n'ay point commis cet homicide.

Le Iuge.

Rapprochez vous, teſmoins, venez, hola,
Connoiſſez vous ces Bergers que voila?

Ariſtene.

Ie le puis bien.

Le Iuge.

Sont-ils point reprochables.

Ariſtene.

Non, certes non, ils ſont trop venerables,

Le Greffier.

Mais ce ſont eux qui vont vous accuſant
De l'homicide.

Ariſtene.

Ils ſe vont abuſant,
Et vous auſſi.

Le Iuge.

Quelle eſt voſtre deffence?

Ariſtene.

Ils n'ont d'apuy que la ſeule apparence.

Le Iuge.

N'eſt il pas vray qu'ils vous ont veu courir
Sur Deolis pour le faire mourir?

Ariſtene.

Ie l'ay couru, certes ie vous l'auoüe,
Pour luy donner ſeulement ſur la ioüe,
Pour vn diſcours mal à propos tenu,
Mais ie ne ſçay ce qu'il eſt deuenu,
Et ne ſçaurois vous en dire autre choſe.

Le Iuge.

Le Iuge.

Or c'est assez, desormais bouche close,
Chœur de pasteurs venez au iugement,
Mais ce papier lisez premierement.

Chœur de Pasteurs.

Ce que contient cette longue écriture,
N'est appuyé que sur la coniecture,
Car nul tesmoin au certain ne dit pas
Que Deolis ait souffert le trespas,
Nul ne la veu gisant dessus la terre,
Mais seulement courir à coups de pierre.

Le Iuge.

Paracheuons, or ça chacun de vous
Dedans ce vase apporte ces caillous,
De couleur noire ou bien de couleur blanche.

Apres que chacun a mis ces petits caillous dans le vase, le Iuge dit,

Certes pasteurs voicy beaucoup de chance,
Pour Aristene ores il est absous,
Et ne peut plus passer par le courous
De Nemesis : mais il est raisonnable
Entant qu'il est en quelque cas coupable,
De le punir, donc qu'il soit exillé
Sans pouuoir estre en ces lieux rappellé,
Afin qu'il soit desormais exemplaire
A qui voudroit un pareil meurtre faire,
Tout en est dit, ie ne veux plus parler,
Chacun peut bien maintenant s'en aller.

SCENE II.

ARISTENE, ET CERAMBE.

Ariſtene.

EN mon malheur ce qui le plus m'afflige,
Et qui des pleurs à repandre m'oblige,
Eſt, cher amy, que ie me voy reduit
A vous quitter, c'eſt ce qui plus me cuit,
Mais ſi du ſort l'etrange violence
M'oſte le bien d'eſtre en voſtre preſence,
Aſſeurez-vous qu'il ne me peut forcer
Que ie n'y ſois ſans ceſſe du penſer,
De voſtre part conſeruez ma memoire,
Et que le temps n'en ait pas la victoire,
Ie vous en prie & coniures au nom
De Iupiter tout puiſſant & tout bon.

Cerambe.

Il faut amy que l'aduerſe fortune,
Comme la bonne entre nous ſoit commune,
Non Ariſtene, il ne ſera point dit
Que vous ayez eu ſi peu de credit
En mon endroit, que ie vous abandonne
Lors que le ſort des trauerſes vous donne,
Pour ce ſubiet vous ne m'orrez blaſmer,
Que ie ne ſçay que c'eſt de bien aimer,
De quelque part que le Ciel vous enuoye,
Vous me verrez tenir la meſme voye,
En quelques lieux que vous puiſſiez errer,
Rien ne ſçauroit de vous me ſeparer,
Sinon le coup de cette meurtriere
Qui fait paſſer l'infernalle riuiere.

Ariſtene.

Mon cher amy ce n'eſt pas la raiſon
Que vous quittiez ainſi voſtre maiſon,
Vos champs, vos prez, & tout voſtre heritage,
Vos gras troupeaux & voſtre parentage
Pour me ſuiuir entre mille dangers,
Que l'on encourt és pays eſtrangers,
Demeurez donc, humble ie vous en prie,
Et ſans ſubiet ne quittez la partie.

Cerambe.

Ie n'en ſçaurois auoir plus de ſubiet,
Car vous eſtant le plus aimable obiet
Que i'ay chery, qu'y ſçaurois-ie plus faire
Sinon d'y viure à iamais ſolitaire.

Ariſtene.

Il vous y reſte encores force amis,
Auec leſquels vous ſerez toſt remis,
Du déplaiſir qui maintenant vous bleſſe,
Ne teſmoignez auoir tant de foibleſſe
A ſupporter mon deſtin rigoureux,
Ains un eſprit conſtant & genereux.

Cerambe.

Vous me tuez me traittant de la ſorte,
Ie pourrois bien auoir l'ame aſſez forte
Pour ſupporter d'autres aduerſitez,
Pertes de biens & de proſperitez,
Mais vous perdant il m'eſt inſupportable,
Cela du tout me rendroit miſerable,
Et ne pourroient en ce faſcheux malheur
D'autres amis conſoler ma douleur,
Permettez-donc que par tout ie vous ſuiue,
Et qu'auec vous auſsi ie meure ou viue.

Ariſtene.

Il faut ceder, vous me faites pitié,

Les dieux autheurs de la belle amitié,
Ne veulent pas que la nostre si saincte
Pour aucun mal reçoiue nulle atteinte,
Ce que ie crains, c'est qu'estant vn peu vieux
Vous ne trouuiez nostre exil ennuyeux.

Cerambe.

Ie ne suis pas encor dans la vieillesse,
Ce poil grison prouient de la tristesse
De mon esprit, le Soleil n'a tourné
Que cinquante ans depuis que ie suis né,
Ie suis gaillard, souple, dispos, alaigre,
Et qui va mieux que ne fait un chat maigre.

Aristene.

Cela va bien, donc allons ordonner
De ce qu'il faut pour nous acheminer,
Car nous n'auons, tant l'on me fait d'outrage,
Rien que cinq iours pour plier mon bagage.

Cerambe.

Il vous faudra partir vn iour deuant,
Puis l'autre apres ie vous iray suiuant,
I'en vse ainsi de peur de la cririe,
De mes parens & de leur fascherie.

SCENE II.

IOESSE SEVLE.

FAtalles sœurs dont le fuseau d'aimant
De nos saisons le filet va tramant,
Que vous m'eussiez beaucoup fauorisée
De m'enuoyer en la pleine Elisée,
Au mesme instant que vostre œil dépité
Vit le moment de ma natiuité,
Ie ne serois, comme ie suis chetiue,
Pour mes ennuis bien plus morte que viue,
Las! le regret dont mon cœur est époint,
Pour Deolis qu'Amour m'auoit conioint,
Ne me feroit noyer dedans mes larmes
Ainsi qu'il fait, & les rudes alarmes
Que d'autre part ie sens pour son riual,
Comme elles font ne me feroyent de mal,
O dieux, ô dieux de l'Empire celeste,
Helas amour que tu nous és funeste!
Lequel faut-il que ie plaigne le plus,
De Deolis dans la terre reclus,
Ou celuy-là que l'arrest de iustice
Fait exiller pour meriter supplice,
Las! ie ne sçay car tous les deux m'aimoyent,
Et bien plus qu'eux mille fois m'estimoyent,
Mon Deolis m'en rend bon tesmoignage,
Lequel est mort apres mon mariage,
Ce neanmoins, mon inclination,
Pour Aristene à plus de passion,
Et ce d'autant que quasi dés l'enfance,
Amour nous fit éprouuer sa puissance!

Ie voudrois bien parauant son départ
Le rencontrer tout seul en quelque part,
Cherchons-le donc en prompte diligence,
Et luy disons ce que nostre cœur pense.

ACTE V.

LE SATYRE ET VNE VOIX QVI SE PLAINT, ARISTENE, CYANE ET CERAMBE.

SCENE I.

LE SATYRE ET VNE VOIX QVI SE PLAINT.

Satyre.

IE suis tantost à demy consommé
Du feu d'amour en mes os allumé,
Ie deuiens sec comme vne fleur rotie,
Par les rayons de l'amant de Clitie,
Cette beauté dont i'estois decoré,
Comme vn Adon de Venus adoré,
Se va perdant, si bien que mon visage
Deuient hideux, dont ie creue de rage,
Ha si ie puis rencontrer de hazard
Cette beauté, qui par son dous regard
Me fait mourir d'vn amoureux martyre,
Elle verra ce que peut vn Satyre
Qu'elle à trompé desia par maintes fois,

Dont de depit ie me ronge les dois,
Pour ce subiet ie vay à l'auenture
Voir dans ce bois tapißé de verdure
Si ie pourray l'y trouuer reposant.

Vois qui se plaint.

Que de malheur l'amour nous va causant,
C'est le fleau de nostre humaine race,
Rien tant que luy ne l'afflige & terrace,
Helas, helas, par ces tirans efforts
Ie vay bien tost au royaume des morts.

Satyre.

I'entends non loing une vois qui raisonne,
Parlant des morts dont de peur ie frissonne,
Or écoutons encores quelque peu.

Vois qui se plaint.

O dieux, helas! si cet amoureux feu
Ne m'eust bruslé lors que i'estois au monde,
Ie ne serois en cette nuict profonde.

Satyre.

Sans doute c'est quelque amant trépaßé
Qui se complaint de son amour paßé,
Il est bien bas dans une caue obscure,
A peine oit-on ce que sa vois murmure.

Vois qui se plaint.

O dieux, secours, ie vay desesperant,
Las que quelqu'vn ores n'est il errant
En cette part, par mon humble priere
Ie ferois tant que hors de ma tasniere
Il m'aideroit.

Satyre.

Il est temps de partir,
Par la morbleu ie croy qu'il veut sortir,
Gaignons le haut courant à toute bride
De peur de voir cette ame acherontide.

SCENE II. ET DERNIERE.

ARISTENE, CYANE ET CERAMBE.

Ariſtene.

VOicy le iour que l'on m'a limité
Pour m'en aller! qu'elle ſeuérité!
Ie ſuis puny ſans auoir fait offence,
Ie ſuis iugé ſans ouyr ma deffence,
Hé bien, hé bien, il faut patienter,
Et rendre grace au grand dieu Iupiter,
Peut-eſtre a-t'il permis cette iniuſtice,
Pour chaſtier quelque mienne malice,
Ou bien pluſtoſt il me veut teſmoigner
Qu'il me cherit, me faiſant éloigner
Le beau ſeiour qui me donna naiſſance,
Pour m'enrichir ailleurs en abondance,
De gras troupeaux de bœufs & de moutons:
Sur cet eſpoir prenons congé, partons,
Adieu nos champs, adieu nos paſturages,
Adieu nos bois, adieu nos beaux herbages,
Adieu noſtre air, ſi fecond en oyſeaux,
Adieu rochers, fontaines & ruiſſeaux.

Cyane.

Amy paſteur, ie viens à la bonne heure
Sur vos adieux quittant cette demeure,
Non pour vous dire un eternel adieu,
Car comme vous ie veux quitter ce lieu.

Ariſtene.

L'occaſion, las qui vous y conuie,
Ce n'eſt qu'à ceux que le deſtin enuie,

Ainsi que moy.

Cyane.

Ie vais participant
A vostre mal, le sort me va frappant
De pareil coup, vostre mesme infortune
Autant que vous mon esprit importune.

Aristene.

Vous témoignez beaucoup de charité,
D'auoir pitié de mon aduersité,
Le iuste Ciel vueille pour cet office
A vos desirs estre tousiours propice.

Cyane.

Il le peut bien, & vous semblablement.

Aristene.

Ce que i'y puis, croyez asseurément
Que ie suis prest, ma belle, de vous rendre
Tout le plaisir que l'on sçauroit attendre
D'vn bon amy, commandez seulement.

Cyane.

Helas plustost ie vous prie humblement:
Ie ne sçaurois au clair vous faire entendre
Ce que ie veux, le sçauriez vous comprendre?

Aristene.

Ie songe bien, mais il faut confesser
Que ie ne puis qu'auiser ny penser,
Mais dites moy sans plus longue demeure
Ce qu'il vous plaist, ie le feray, ie meure.

Cyane.

Vistes vous point l'autre iour vn fouteau,
Dessus lequel estoit vn écritteau?

Aristene.

Ouy, le subiet.

Cyane.

Doncques vous voyez celle

Qui le graua.

Aristene.

C'est doncques vous ma belle?

Cyane.

Ouy, cher pasteur.

Aristene.

Ie vous suis obligé,
Mais d'autre-part ie suis bien affligé
De ne pouuoir en cela vous complaire,
Ie le voudrois & ie ne l'ose faire.

Cyane.

Helas pourquoy?

Aristene.

Vous le pouuez iuger,
Sçauez-vous pas qu'il me faut déloger
De ces quartiers.

Cyane.

Ie n'en suis point en doute,
Mais, cher pasteur, que i'aille vostre route,
Ie vous en prie.

Aristene.

Ha Dieux, ie n'oserois,
Quoy, l'on diroit que ie vous rauirois?

Cyane.

Il ne se peut, ie suis ore en franchise,
Depuis six mois mon aage m'est acquise,
Mon vieil tuteur, dont la seuerité
Me retenoit par trop d'authorité,
N'a plus que voir sur rien qui m'appartienne,
Asseurez-vous qu'à present ie suis mienne.

Aristene.

Cela va bien, ce qui nous va restant
Donc à sçauoir; irez-vous resistant
D'un braue cœur aux rencontres diuerses

Que nous ferons, bref à mille trauerses.

Cyane.

Mon cher pasteur, pour vous accompagner
Vous me verrez tous labeurs dédaigner,
Ie passeray les plus vastes campaignes,
Ie grauiray par dessus les montaignes,
S'il est besoin ie passeray la mer,
Quand bien les vents la feroient écumer,
S'il faut aussi trauerser les bocages
A la mercy des animaux sauuages,
Ie seray preste & n'auray point de peur.

Aristene.

Fut-il iamais une pareille ardeur?
S'en est trop dit, ça ça, ma chere amie,
Ie suis à vous iusqu'à la mort blesmie,
Tenez ma main, ie vous donne ma foy,
Que ie suis plus cent fois à vous qu'à moy:
Or ce baiser soit maintenant le gage
De nostre bon & parfait mariage.

Cyane.

Ie vous le rends, d'un le plus amoureux
Qu'il est possible.

Aristene.

O moy cent fois heureux
En mon malheur! à l'auenir i'espere
Auoir le Ciel fauorable & prospere;
Au loin, au loin tout le ressentiment
Qui m'affligeoit pour mon bannissement.

Cyane.

Mon cher pasteur ouurez vostre bougette,
Et receuez ce que dedans ie iette,
C'est de l'argent de mon petit troupeau,
Et quelque linge auec vn deuanteau:
Doncques partons, qu'est-ce qui nous retarde?

Aristene.

Incontinent, mon cher cœur, ie regarde,
Voila venir celuy que i'attendois.

Cerambe.

Courage, amy, tout va bien cette fois,
Tout en est dit, vous n'auez plus d'obstacle,
Le Ciel benin vient de faire vn miracle,
Vostre riual il a ressuscité.

Aristene.

Me mocquez-vous en mon aduersité?

Cerambe.

Certes nenny, c'est chose tres-certaine.

Aristene.

De le conter prenez vn peu la peine.

Cerambe.

Vous entendrez que le Satyre estant
Dedans le bois que vous cherissez tant,
Vne voix triste a frappé son oreille,
Qui l'a saisi d'vne grande merueille,
Et regardant par tout derriere luy
Ne voyant rien, de crainte il s'en est fuy,
Puis tout d'vn train il nous l'est venu dire,
Dont quelques-vns se sont fort pris à rire,
Les autres non, mais bien plus curieux
Sont allez voir iusques dessus les lieux,
Où demeurant quelque temps en silence;
Ils ont ouy la voix qui recommence
A se douloir, eux remarquant l'endroit:
Ils sont allez, alors vn puis estroit
S'est apparu, d'où cette voix pleintiue
Encor vn coup s'est fait ouyr plus viue,
Incontinent l'vn d'eux a répondu,
Est-ce quelqu'vn qui s'est ainsi perdu
Dedans ce trou, qui de la sorte crie.

La voix répond; las pasteurs ie vous prie
Secourez moy, ie suis de vos amis,
Qui par malheur en ce trou me suis mis:
Alors vn d'eux sans tarder dauantage
S'en est allé leur querir du cordage,
Lequel ayant ietté iusques au bas
Du trou profond, ils ont à tour de bras
Si bien tiré, que Deolis respire,
Dont vn chacun son grand bon-heur admire
De ce qu'il n'est aucunement blessé.

Aristene.

I'ay maintesfois ce taillis trauersé
Sans auoir veu cette creuse tasniere.

Cerambe.

Vn chacun croit que c'est vn marniere
Du temps iadis, dont l'on auoit counert
Le haut du trou de quelque fagot verd,
Puis reietté dessus de la poussiere;
Ce n'est pas tout, oyez l'histoire entiere,
Pour abreger au sortir de ce trou,
Où Deolis a bien fait le hibou,
Il est allé visiter son beau pere,
Lequel apres vne fort grande chere
L'a marié, si qu'apresent il a
Celé dont l'œil autresfois vous brusla.

Aristene.

Or bien qu'il l'ait, cela fort peu m'importe,
Voicy, voicy qui mon dueil reconforte
Cette bergere à qui ie suis voüé.

Cerambe.

I'en suis bien aise, amour en soit loüé,
Qui iuste fait que vous gaignez au change,
Certainement sa puissance est estrange!
Voyez vn peu quels effects merueilleux

Accompagnez d'accidents perilleux.

Aristene.

Encor vn coup en la presence chere
De ce pasteur qui sur tous ie reuere,
Vn chaste hymen ie vous iure & promets.

Cyane.

Ie suis à vous en pareil desormais,
Mon cher pasteur, de qui la grace exquise
Par dessus tous a rauy ma franchise.

Cerambe.

I'ay fait aussi les iuges conuoquer
Pour vostre arrest au neant reuoquer,
Il est cassé ; pour ce tournons visage,
Et regaignons, contens, nostre village,
Où de retour vous me fairez plaisir
De contenter mon curieux desir
Touchant l'amour entre vous contractée.

Aristene.

L'histoire au vray vous sera recitée:
Or sus, allons, & retournons ioyeux,
D'vn cœur deuot remerciant les dieux
Dont la bonté grandement admirable,
A bien daigné nous estre secourable,
Lors qu'il sembloit qu'vn rigoureux destin
De tout malheur me faisoit le butin,
Heureux celuy dont la vraye prudence
Va s'appuyant dessus leur prouidence.

FIN.

www.ingramcontent.com/pod-product-compliance
Ingram Content Group UK Ltd.
Pitfield, Milton Keynes, MK11 3LW, UK
UKHW012104240726
13965UKWH00004B/1524